# Being Mary Bennet